おばけ自転車《じてんしゃ》レース
サイ・クル
けっこう速《はや》いが まがってくれない。 さっそく、コースアウト。
ムカデ自転車《じてんしゃ》
ムカデの足《あし》のように たくさんタイヤが ある。だからといって 速《はや》くはない。

ナツカのおばけ事《じ》件《けん》簿《ぼ》

月《つき》夜《よ》のおばけ自《じ》転《てん》車《しゃ》

斉藤　洋・作
かたおかまなみ・絵

目次《もくじ》

このおはなしにでてくる人《ひと》たちを紹介《しょうかい》するわ！

わたし。日暮《ひぐれ》ナツカ。
この本《ほん》の主人公《しゅじんこう》。
パパといっしょに「おばけたいじ」をやっている。
かわいくて、「おばけたいじ」もできてホームページもつくれちゃうオシャレな小学生《しょうがくせい》。

パパ。（日《ひ》暮《ぐれ》道《みち》遠《とお》）。
ナツカのパパ。
ふだんはちょっと
ぐうたら。
でも、いざというときは
とってもカッコイイ！
頭《あたま》がよくて、
おばけをちっとも
こわがらない。

見《み》永《なが》押《おし》増《ぞう》
となりの市《し》の市議会議員《しぎかいぎいん》。
自転車《じてんしゃ》のおばけのせいで、
市《し》のひょうばんがわるく
ならないか心配《しんぱい》している。

伊賀久人道《いがくひとみち》院長《いんちょう》と
秘書《ひしょ》の岡崎昭二《おかざきしょうじ》
まえにパパとわたしが
かんごしさんの失踪事件《しっそうじけん》を
かいけつした
オリエント大学付属病院《だいがくふぞくびょういん》の
院長《いんちょう》と秘書《ひしょ》。

大月《おおつき》けいこ
失踪事件《しっそうじけん》でいなくなったが
パパとわたしが
たすけたかんごし。
霊感《れいかん》がつよい。

ここからがおはなしのはじまり。わたしのおばけ事件簿《じけんぼ》を特別《とくべつ》に見《み》せちゃうわ！

住《じゅう》宅《たく》地《ち》のばけねこ

ほとんど毎週《まいしゅう》土曜日《どようび》、わたしは都心《としん》の駅《えき》から電車《でんしゃ》にのって、この町《まち》にくる。

その日《ひ》、商店街《しょうてんがい》をぬけ、住宅地《じゅうたくち》に入《はい》ったあたりで、わたしは、前《まえ》からねこがあるいてくることに気《き》づいた。

大《おお》きな黒《くろ》ねこで、しっぽのさきがふたつにわかれている……。

学路
文

ねこがいきなりかけだした。走《はし》ってくるにつれ、ねこは何倍《なんばい》もの、
いや、何十倍《なんじゅうばい》もの大《おお》きさになり、ついにはトラほどの
大《おお》きさになったかと思《おも》うと、きばをむいて、わたしに
とびかかってきたではないか！

……なんていうことはなく、黒《くろ》ねこは、ねこのサイズのまま、

「ニャーン！」

となきながら、わたしの足《あし》にすりよってきた。

「むかえにきてくれたのね。」

わたしはそういって、
黒《くろ》ねこをだきあげた。

ねこの名前《なまえ》はエルゼベート。

パパのところに、
すみついているねこだ。

パパのしごとは、おばけたいじ。

パパはゴーストバスターなのだ。

わたしは毎週《まいしゅう》土曜日《どようび》、パパの事務所《じむしょ》けん住居《じゅうきょ》のおんぼろマンションの一室《いっしつ》にいく。それは、パパにおもいっきりあまえるため……ではなく、パパのしごとをてつだうためだ。

パパの名前《なまえ》は、日暮道遠《ひぐれみちとお》。

わたしはナツカ。

ついでにいっておくと、わたしのパパとママは離婚《りこん》している。ママはけっこう有名《ゆうめい》なファッションデザイナーで、わたしはママといっしょに、都心《としん》のセレブなマンションに住《す》んでいる。離婚《りこん》する前《まえ》から、パパはぐうたらしていて、ママと離婚《りこん》したあと、もっとぐうたらしてきたパパを見《み》るに見《み》かね、わたしはおばけたいじ屋《や》になることをパパにすすめた。

お医者《いしゃ》や弁護士《べんごし》さんとちがって、おばけたいじ屋《や》には、資格《しかく》はいらない。だけど、パパひとりにやらせておくと、どうなるかわかったものじゃないから、わたしが助手《じょしゅ》をしているってわけ。

その日《ひ》、わたしがパパの事務所《じむしょ》にいくと……。

ナリカのおばけ帳簿《ちょうぼ》
●前回の残高 ￥25,196,049
●収入 ￥0
●支出
マンションの管理費 ￥20,000
エリザベートのえさ代 ￥4,200
電気・ガス・水道などの公共料金 ￥20,360
残高 ￥25,151,489
先月《せんげつ》まで、マンションの管理費《かんりひ》は一万《まん》だったのよ。それがいきなり倍《ばい》になるって、ひどいと思《おも》わない？　今回《こんかい》のおばけは自転車《じてんしゃ》。自転車《じてんしゃ》は英語《えいご》でバイスクルよ。それで、管理費《かんりひ》もバイクルってこと？

月夜《つきよ》のおばけ自転車《じてんしゃ》

応接間《おうせつま》から、パパの声《こえ》がきこえた。

「それくらいなら、ほうっておけばいいじゃないですか。たいした害《がい》はないようだし。」

「そうはいきません。いますぐには、害《がい》はなくても、いずれたいへんなことになるにきまっています。」

それは、知《し》らない男《おとこ》の人《ひと》の声《こえ》だった。

どうやら、おばけたいじをたのみにきたお客《きゃく》らしい。

声《こえ》のかんじからすると、五十才《ごじっさい》くらいだろうか。

わたしは、くつをぬいで、応接間《おうせつま》に入《はい》った。

おはようございます！

わたしはパパの顔《かお》をちらりと見《み》てから、男《おとこ》の人《ひと》にあいさつした。

「いらっしゃいませ。わたし、ここの助手《じょしゅ》をしている日暮《ひぐれ》ナツカです。きょうは、おばけたいじのごいらいですか？」

「あっ。あなたがナツカさん？　ホームページにお名前《なまえ》がのってました。わたし、となりの市《し》の市議会議員《しぎかいぎいん》をしている見永押増《みながおしぞう》という者《もの》です。じつは、こまったことがおこりまして。」

男《おとこ》の人《ひと》がそういったところをみると、どうやら、わたしが作《つく》ったホームページを見《み》て、ここにきたらしい。

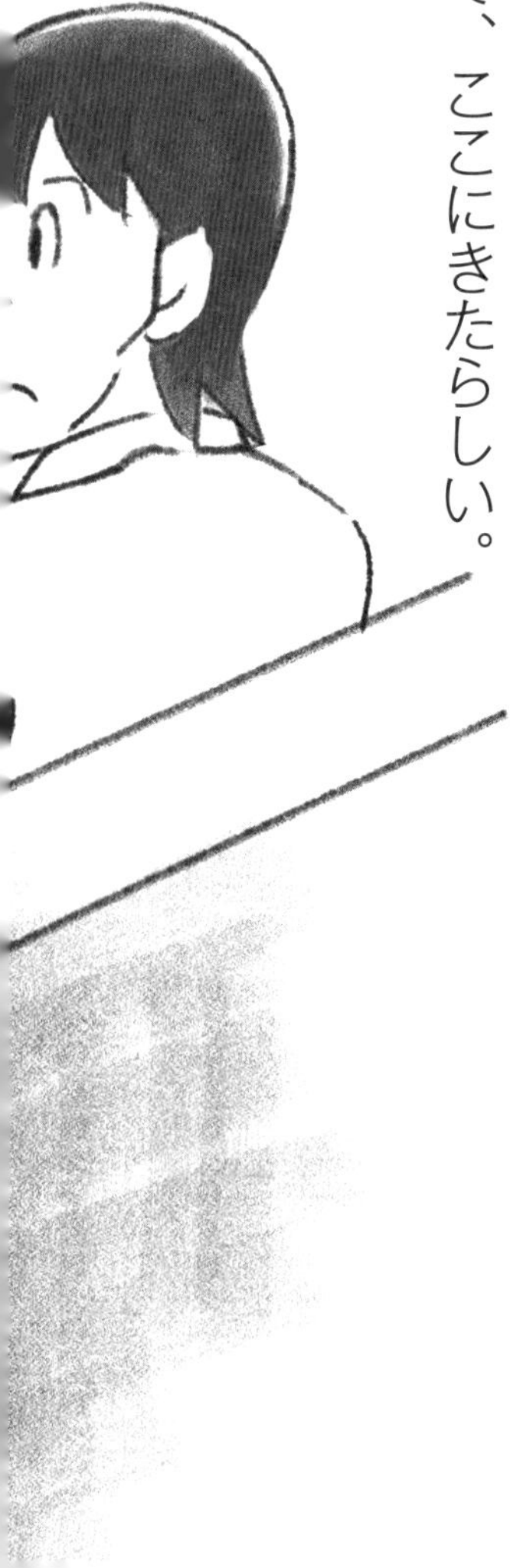

わたしは、パパのとなりに
すわって、いった。

市議会議員《しぎかいぎいん》の見永《みなが》さんはいった。

「自転車《じてんしゃ》のことなんです……。」

自転車《じてんしゃ》？　市議会議員《しぎかいぎいん》が自転車《じてんしゃ》でこまっている？

駅前《えきまえ》の放置自転車問題《ほうちじてんしゃもんだい》だろうか？　おばけが自転車《じてんしゃ》を置《お》きっぱなしにするとか？

わたしはそう思《おも》ったが、そうではなかった。

見永《みなが》さんはいった。

「深夜《しんや》、市民《しみん》のかたがひとりであるいていると、どこからともなく、自転車《じてんしゃ》があらわれて、あとをつけてくるんです。」

それなら、ストーカーだ。だとしたら、おばけたいじ屋《や》ではなく、警察《けいさつ》にいくべきだ。

わたしがそう思《おも》ったところで、
見永《みなが》さんはいった。

それまでだまっていたパパが口《くち》を開《ひら》いた。

「その自転車《じてんしゃ》、ついてくるだけで、なにもしないんですよね。だったら、さびしくなくて、かえっていいじゃないですか。そういうおばけだったら、どこにでもいますよ。」

「どこにでもいる？　じゃあ、このマンションにもいるっておっしゃるんですか、先生《せんせい》。」

見永《みなが》さんにそういわれ、パパは、

「もちろんです。ぼんやりした女《おんな》のかげみたいなのが、ときどき、マンションの階段《かいだん》をのぼっていったり、通路《つうろ》に……。」

と、そこまでいいかけた。

わたしは、あわてて話《はなし》にわりこんだ。

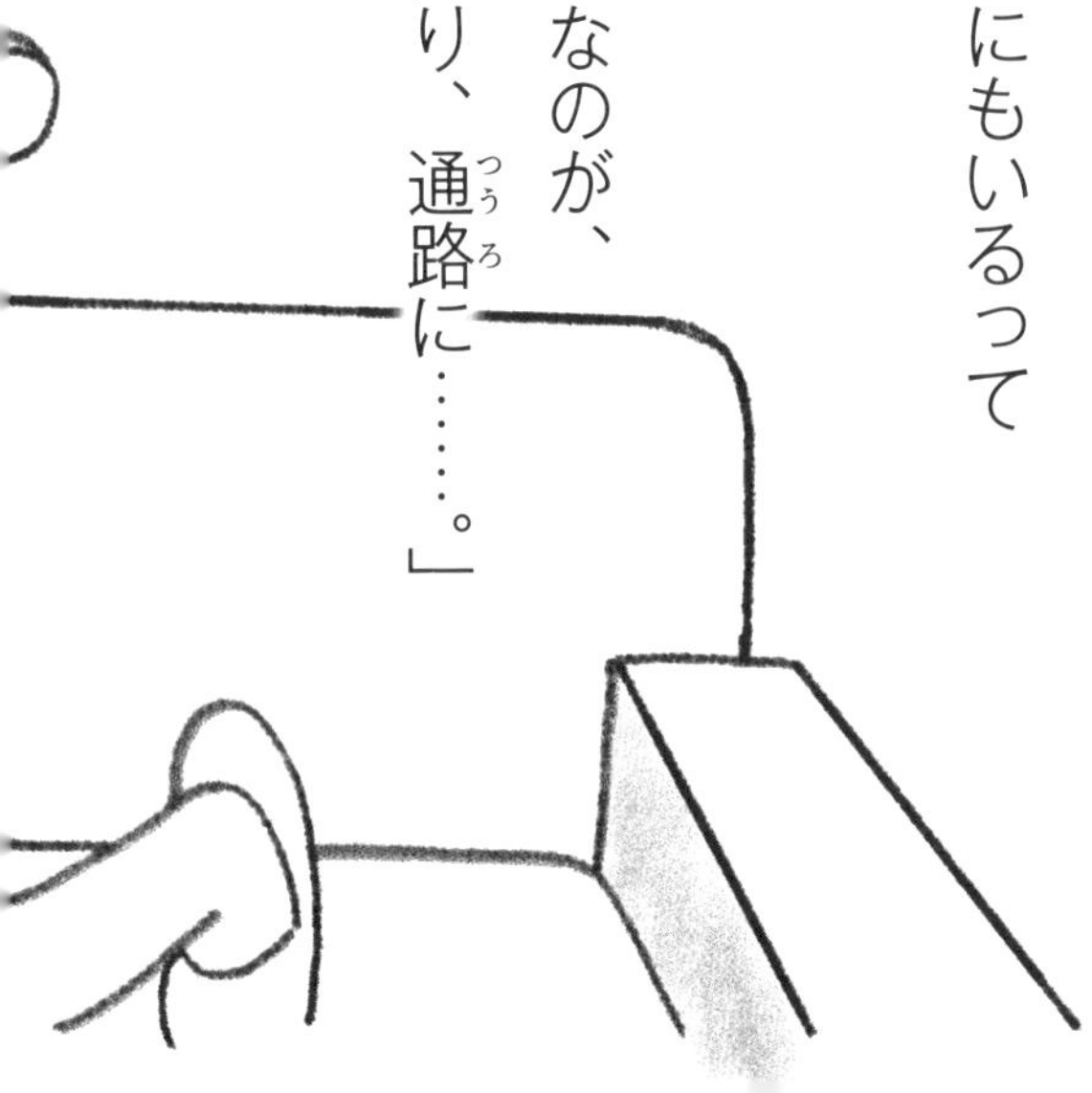

「じょうだんですよ、もちろん。」

でも、それはじょうだんではなかった。わたしだって、なんども見《み》ている。パパは、害《がい》がないからといって、ほうっておいている。だけど、ゴーストバスターの事務所《じむしょ》のあるマンションにおばけがでるなんて、事務所《じむしょ》のひょうばんにかかわる。

ひょうばんということでは、見永《みなが》さんの心配《しんぱい》も、おなじだった。

見永《みなが》さんはいった。

「たしかに、とくに害《がい》はないといえば、そのとおりです。でも、いずれ、その自転車《じてんしゃ》のおばけのことは、うちの市内《しない》だけではなく、ほかの市《し》に、いや、それどころか、日本中《にほんじゅう》、世界中《せかいじゅう》に知《し》れわたってしまいます。そうなったら、市《し》のひょうばんはがたおちです。夜中《よなか》に、あちこちから見物人《けんぶつにん》がやってきて、市民《しみん》は安眠《あんみん》できなくなります。」

わたしも、見永《みなが》さんのいうとおりだと思《おも》った。

わたしはいった。

心霊《しんれい》スポットおどってみた
そういうことでしたら、おひきうけできると思《おも》います。くわしい事情《じじょう》をおはなしください。
あなたは信《しん》じる!?
ゆうれい自転車《じてんしゃ》
わかりました。半年《はんとし》ほど前《まえ》のことです……。

「月夜《つきよ》に、終電車《しゅうでんしゃ》でかえってきた若《わか》い女性《じょせい》が、うちにかえるために、住宅街《じゅうたくがい》をとぼとぼとあるいていると、うしろのほうから、ギーコ、ギーコと、きみょうな音《おと》がきこえてきたそうです。

立《た》ちどまって、ふりむくと、自転車《じてんしゃ》がちかづいてくるのが見《み》えました。なあんだ、自転車《じてんしゃ》か。ギアに油《あぶら》をさしたほうがいいんじゃあ、とか思《おも》いながら、女性《じょせい》はまたあるきだしました。

ギーコ、ギーコという音《おと》は、だんだん大《おお》きくなっていきます。

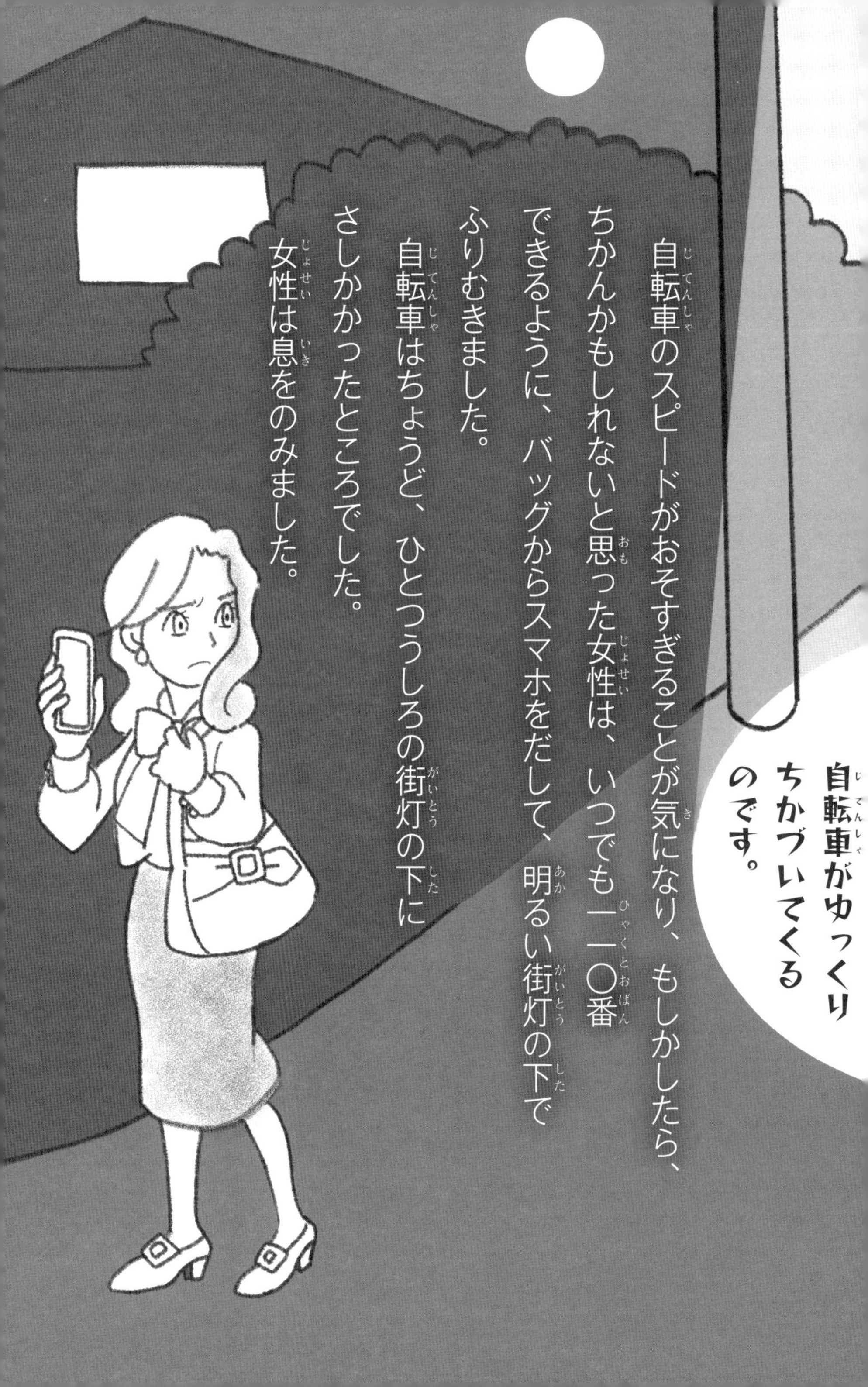

自転車《じてんしゃ》がゆっくり
ちかづいてくる
のです。

自転車《じてんしゃ》のスピードがおそすぎることが気《き》になり、もしかしたら、ちかんかもしれないと思《おも》った女性《じょせい》は、いつでも一一〇番《ひゃくとおばん》できるように、バッグからスマホをだして、明《あか》るい街灯《がいとう》の下《した》でふりむきました。

自転車《じてんしゃ》はちょうど、ひとつうしろの街灯《がいとう》の下《した》にさしかかったところでした。

女性《じょせい》は息《いき》をのみました。

「だれものっていない、無人《むじん》の自転車《じてんしゃ》が、ギーコ、ギーコと
ぶきみな音《おと》をたてながら、ゆっくりちかづいて……。

いやはや、このごろのわかい女性《じょせい》は勇気《ゆうき》がありますね。

その女性《じょせい》は、だれものっていない自転車《じてんしゃ》が走《はし》るわけがない。きっと、黒《くろ》いいしょうをきたちかんがのっているのだろうと思《おも》い、あとでしょうこになるように、スマホで写真《しゃしん》をとりました。そうすれば、ちかんがにげるかもしれないと考《かんが》えたからでもあります。

けれども、自転車《じてんしゃ》はにげるどころか、
そのままこちらにやってきます。

女性《じょせい》は目《め》をこらしました。

ちかづくにつれ、はっきりわかりました。

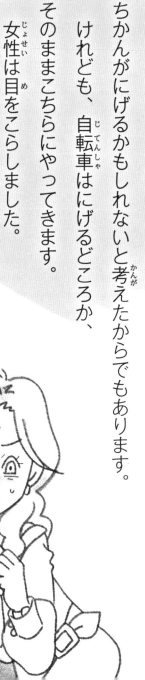

自転車《じてんしゃ》には、だれものっていません。
自転車《じてんしゃ》は、あと一《いち》メートルというところで、とまりました。
たおれもせずに、ゆらゆらとゆれています。」

これが、そのかたから転送《てんそう》してもらった写真《しゃしん》です。

そのかたの勇気《ゆうき》もそこまででした。というか、もうにげる勇気《ゆうき》しかのこっておらず、うちまでにげかえりました。走《はし》るスピードにあわせ、自転車《じてんしゃ》がついてきました。うちまでにげて、三十分《さんじっぷん》くらいたってから、まどから外《そと》を見《み》たそうですが、自転車《じてんしゃ》はもういなかったということです。
そういう事件《じけん》はそれ一回《いっかい》だけですか?

いいえ。おなじようなことがそのご、
わかっているだけで、あと三回《さんかい》
おこっています。
サラリーマンがひとり、男《おとこ》の大学生《だいがくせい》が
ひとり。立《た》ちどまって見《み》ていると、
そばまできて、とまったそうです。
ふたりとも、うちににげかえりました。
それから、あとひとり、中年《ちゅうねん》の男性《だんせい》が
ジョギング中《ちゅう》に目撃《もくげき》しています。でも、
その人《ひと》の場合《ばあい》、自転車《じてんしゃ》はとまらずに、
追《お》いこしていったそうです。
四人《よにん》のかたがそれぞれ、市役所《しやくしょ》の
市民《しみん》そうだんまど口《ぐち》にいらして、
はなしていかれました。
事件《じけん》はどれも、月夜《つきよ》の深夜《しんや》に
おこっています。

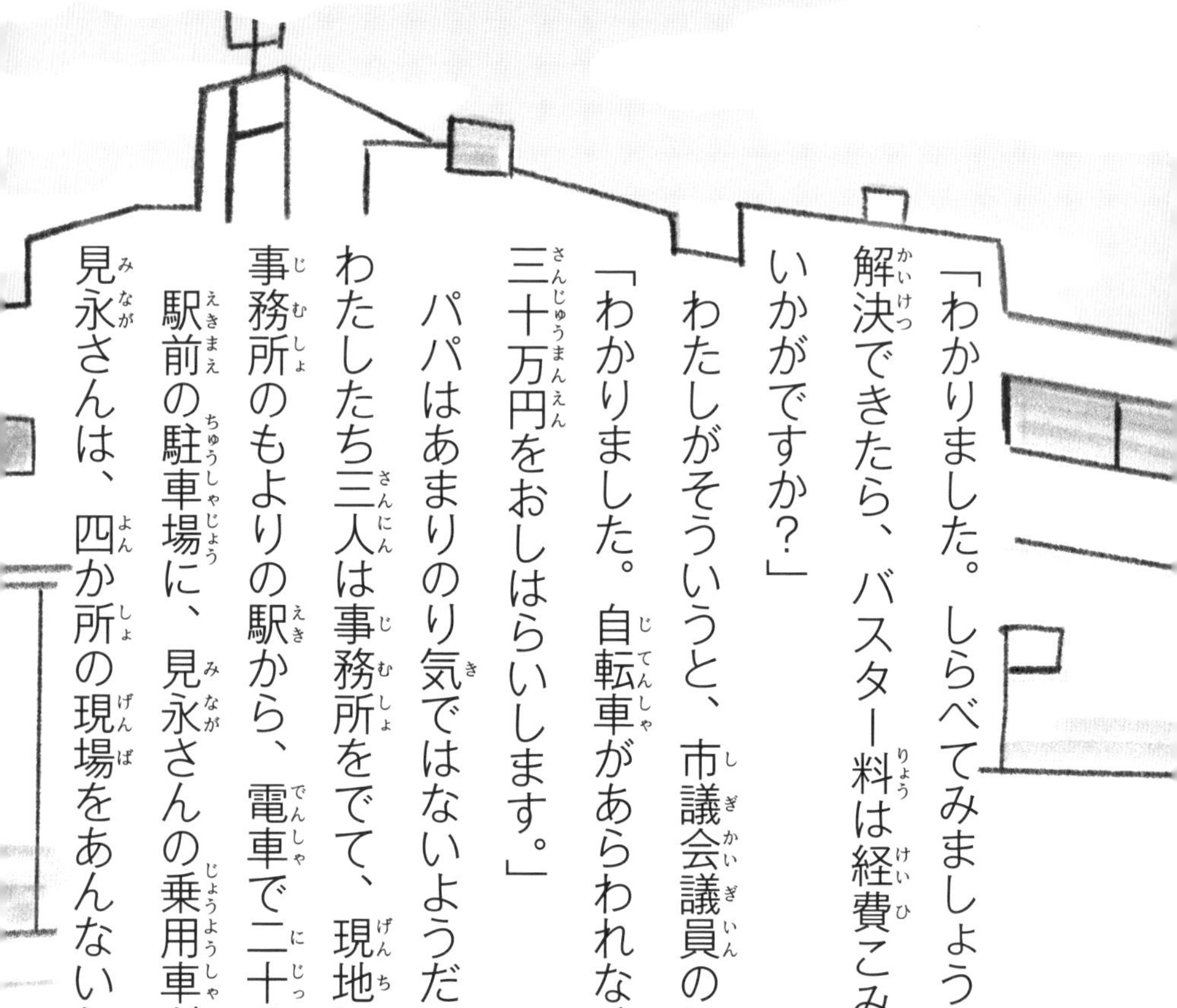

「わかりました。しらべてみましょう。それで、問題《もんだい》が解決《かいけつ》できたら、バスター料《りょう》は経費《けいひ》こみで、三十万円《さんじゅうまんえん》ということでいかがですか？」

わたしがそういうと、市議会議員《しぎかいぎいん》の見永《みなが》さんはうなずいた。

「わかりました。自転車《じてんしゃ》があらわれなくなって、ふた月《つき》たったら、三十万円《さんじゅうまんえん》をおしはらいします。」

　パパはあまりのり気《き》ではないようだったけれど、それからすぐ、わたしたち三人《さんにん》は事務所《じむしょ》をでて、現地《げんち》にむかった。そこは、事務所《じむしょ》のもよりの駅《えき》から、電車《でんしゃ》で二十分《にじっぷん》ほどの町《まち》だった。

　駅前《えきまえ》の駐車場《ちゅうしゃじょう》に、見永《みなが》さんの乗用車《じょうようしゃ》がとめてあり、その車《くるま》で、見永《みなが》さんは、四《よん》か所《しょ》の現場《げんば》をあんないしてくれた。

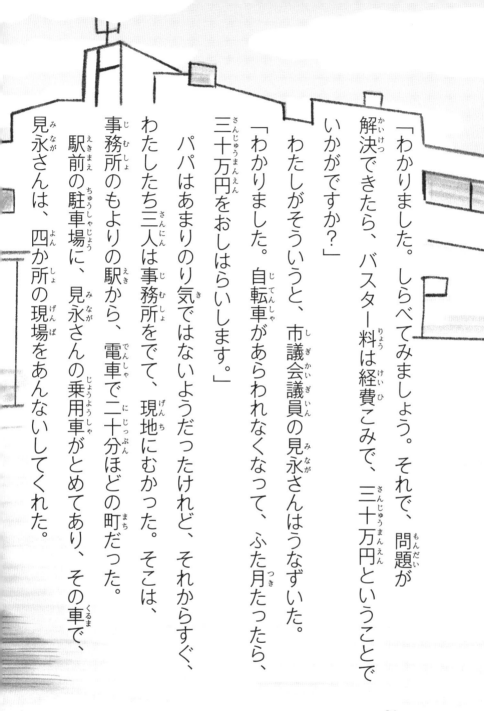

若《わか》い女性《じょせい》の場合《ばあい》
住宅街《じゅうたくがい》の街灯《がいとう》の下《した》
サラリーマンの場合《ばあい》
電車《でんしゃ》のガード下《した》

大学生《だいがくせい》の場合《ばあい》シャッターの
閉《し》まった商店街《しょうてんがい》
豆平
商店
ジョギング中《ちゅう》の男性《だんせい》の場合《ばあい》
公園《こうえん》のちかく

実地調査《じっちちょうさ》がすむと、見永《みなが》さんはパパとわたしを駅《えき》まで送《おく》ってくれた。

わかれぎわに、見永《みなが》さんは、パパのスマホに、無人《むじん》の自転車《じてんしゃ》の写真《しゃしん》を転送《てんそう》してくれ、その市《し》の地図《ちず》をわたしてくれた。

地図《ちず》には、四《よん》か所《しょ》、赤《あか》いしるしがつけられていた。

そのときには、気《き》づかなかったけれど、そこには、今回《こんかい》の事件《じけん》のなぞをとく重大《じゅうだい》なヒントがあった。

事務所《じむしょ》にもどり、まずわたしはママに電話《でんわ》をして、きょうはパパのところにとまるといい、夜《よる》の十時《じゅうじ》すぎに、パパと事務所《じむしょ》をでた。

その市《し》には、電車《でんしゃ》の駅《えき》がふたつあり、わたしたちは都心《としん》よりの駅《えき》でおりて、事件《じけん》の第一現場《だいいちげんば》にむかった。

あしたは満月《まんげつ》という、自転車《じてんしゃ》があらわれるには、もってこいの月夜《つきよ》だ。

そこについたのは、午後十一時《ごごじゅういちじ》すぎだった。

人《ひと》どおりはなく、わたしとパパはそこで三十分《さんじっぷん》くらい待《ま》ったけれど、無人《むじん》の自転車《じてんしゃ》はあらわれなかった。

自転車《じてんしゃ》、こないね。
そんなにかんたんにはあらわれないだろうなあ。

わたしたちは、あるいて第二《だいに》の現場《げんば》にむかった。
そこは、ふたつの駅《えき》のあいだにある高架線《こうかせん》の下《した》だった。
そこについたのは、午前《ごぜん》０時《れいじ》。
わたしたちは、そこでも三十分《さんじっぷん》待《ま》った。
でも、人《ひと》がのっている自転車《じてんしゃ》すら、とおらなかった。

そうだな。今夜《こんや》のところは、これで引《ひ》きあげよう。

わたしたちは、パパのスマホアプリでよんだタクシーで事務所《じむしょ》にかえった。

わたしはパパのベッドでねて、パパは事務所《じむしょ》のソファでねた。

よく朝《あさ》、わたしがおきて、事務所《じむしょ》にいくと、パパはコーヒーをのみながら、テーブルにひろげた市《し》の地図《ちず》を見《み》ていた。

パパがかきいれたのだろう。地図《ちず》の四《よっ》つの赤《あか》い丸《まる》を線《せん》でむすんだ四角形《しかくけい》がかきこまれている。

地図《ちず》を見《み》つめたまま、パパがいった。

「この四角形《しかくけい》に、なぞがかくれていると思《おも》うんだ。つぎに自転車《じてんしゃ》があらわれるのは、この四角形《しかくけい》のまん中《なか》あたりだと思《おも》うんだけどなあ……。」

だけど、そこって、大《おお》きな病院《びょういん》だよ。道《みち》なんかないし。

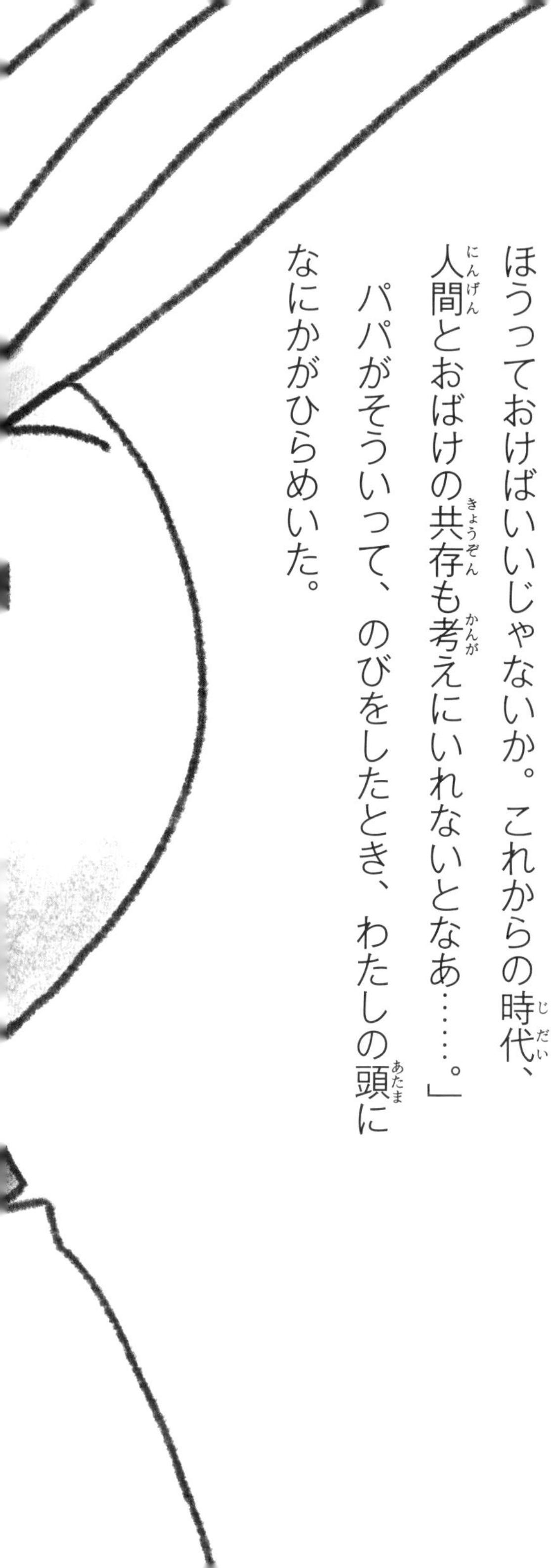

「だいたい、このマンションだって、正体不明《しょうたいふめい》の女《おんな》のゆうれいみたいなのがでたりするけど、べつに害《がい》があるわけじゃないし、マンションの住民《じゅうみん》とのあいだも、なんていうか、まるくおさまってるんだから、自転車《じてんしゃ》のおばけくらい、ほうっておけばいいじゃないか。これからの時代《じだい》、人間《にんげん》とおばけの共存《きょうぞん》も考《かんが》えにいれないとなあ……。」

パパがそういって、のびをしたとき、わたしの頭《あたま》になにかがひらめいた。

まるくおさまっている？　まるく……？
パパ。四角《しかく》じゃなくて、まるじゃない？

わたしは、そばにあった鉛筆《えんぴつ》で、四《よっ》つのまるいしるしをむすぶ円《えん》を地図《ちず》にかきいれて、いった。

「この線《せん》のどこかよ、つぎに自転車《じてんしゃ》があらわれるのは！　この線《せん》がとおっているところで、あんまりにぎやかそうじゃない道《みち》に、きっとあらわれるよ！」

「もし、そうだとすると、おまえがかいた円《えん》の中心《ちゅうしん》に、病院《びょういん》のほかに、なにかがあるかもしれないぞ。」

円《えん》がとおるところは、大通《おおどお》りでない道《みち》が五《ご》か所《しょ》あった。

パパはそこと、円《えん》の中心《ちゅうしん》にしるしをつけた。

それから、わたしは気《き》になっていることをいった。

「その自転車《じてんしゃ》、人《ひと》がひとりしかいないときにあらわれるのは、なぜかしら。ビビらせるなら、こっちがひとりきりのときのほうがいいからかな。それからもうひとつ、なんで、ジョギングをしていた人《ひと》だけ、スルーされたのかなあ。」

「そうだよな。それに、あんなにはっきり写真《しゃしん》にうつるっていうのは、おばけとしてどうなんだ？」

パパはそういった。たしかにそれもそうだ。

円がとおっているところに
せまそうな十字路《じゅうじろ》があるでしょ。
十字路《じゅうじろ》だったら、かどをはさんで
ふたりでわかれて待《ま》てば、
遠《とお》くから見《み》るとひとりきりに
見《み》えるから、自転車《じてんしゃ》、
でてきやすいんじゃないかな。
今夜《こんや》もでかけるでしょ。
おそくなるけど、パパに送《おく》って
もらうから安心《あんしん》してって、
ママに電話《でんわ》しとくね。

というわけで、わたしとパパは、夜《よる》の十時《じゅうじ》に、
その十字路《じゅうじろ》のかどをはさんで、自転車《じてんしゃ》を待《ま》った。
運《うん》よく、明《あか》るい月夜《つきよ》だった。
十時《じゅうじ》に十字路《じゅうじろ》なんて、いかにもおばけがでそうだ。
十分《じゅっぷん》ほどたったころ、かすかな音《おと》がきこえた。
ギーコ、ギーコ……。

わたしは音《おと》のするほうに目《め》をやった。

きた！

五十《ごじゅう》メートルくらいむこうから、
無灯火《むとうか》の自転車《じてんしゃ》がゆっくりちかづいてくる！

わたしは小《ちい》さな声《こえ》で、でも、
かどのむこうにいるパパにきこえるように、
いった。

「パパ。きた。そこにいて！
わたしひとりじゃないと、
自転車《じてんしゃ》、こっちにこないかもしれないから。」

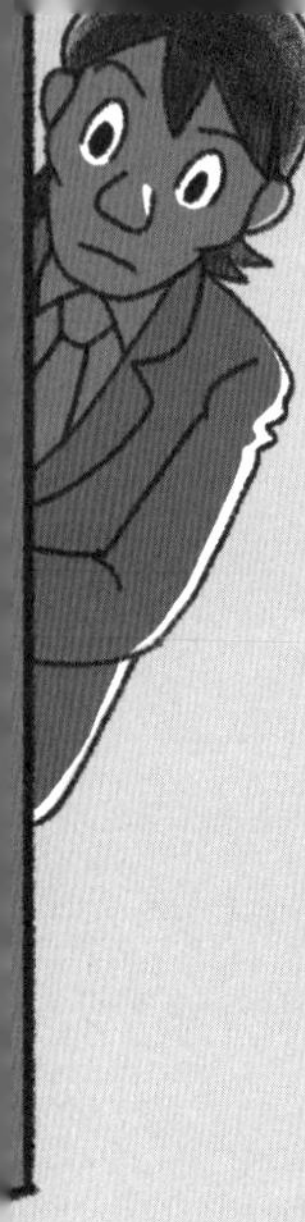

やがて、自転車《じてんしゃ》はわたしのすぐそばまできて、とまった。

ママチャリだ。

ちょっとだけゆれているけど、とまっているのに、たおれない。

わたしがおばけになれているからかもしれないけれど、わたしはそのとき、なぜかこわいとは思《おも》わなかった。それどころか、したしみたいなものをかんじてしまった。

よく見《み》ると、その自転車《じてんしゃ》は、あちこちさびていて、ランプもこわれている。

わたしは、自転車《じてんしゃ》に話《はな》しかけてみた。

もしかして、古《ふる》くなって、もちぬしにすてられちゃったの?

自転車《じてんしゃ》は何《なに》もこたえなかったし、もちろん、
うなずいたりもしなかった。
でも、わたしはわかった。
この自転車《じてんしゃ》は生《い》きている！
たぶん、人《ひと》にのってほしくて、やってくるのだ！
自転車《じてんしゃ》は、基本《きほん》、ひとりしかのれない。だから、
ひとりであるいている人《ひと》のところにくるのだ！
ジョギングをしていた人《ひと》は、自転車《じてんしゃ》にのりっこないから、
スルーされたにちがいない。
「のるからね。」

わたしはそういって、ハンドルをにぎった。おとな用《よう》だけれど、ママチャリだから、ペダルにかた足《あし》をかけて、またがることができた。

地面《じめん》から足《あし》をうかせると、自転車《じてんしゃ》がゆっくりと走《はし》りだした。

わたしは、サドルにおしりをのせた。

「駅《えき》までいくよ！」

それは、自転車《じてんしゃ》にいっただけではなく、かくれているパパにきかせるためでもあった。パパがおいつけないとこまるから、いきさきを知《し》らせたのだ。

　でも、そんな心配《しんぱい》はいらなかった。

ギーコ、ギーコ……。

油《あぶら》のきれた自転車《じてんしゃ》は、そんなにはやく走《はし》れないのだ。
そのかわり、こがなくても走《はし》った。
変速《へんそく》ギアのレバーもついていたけど、
さびて、うごかなかった。

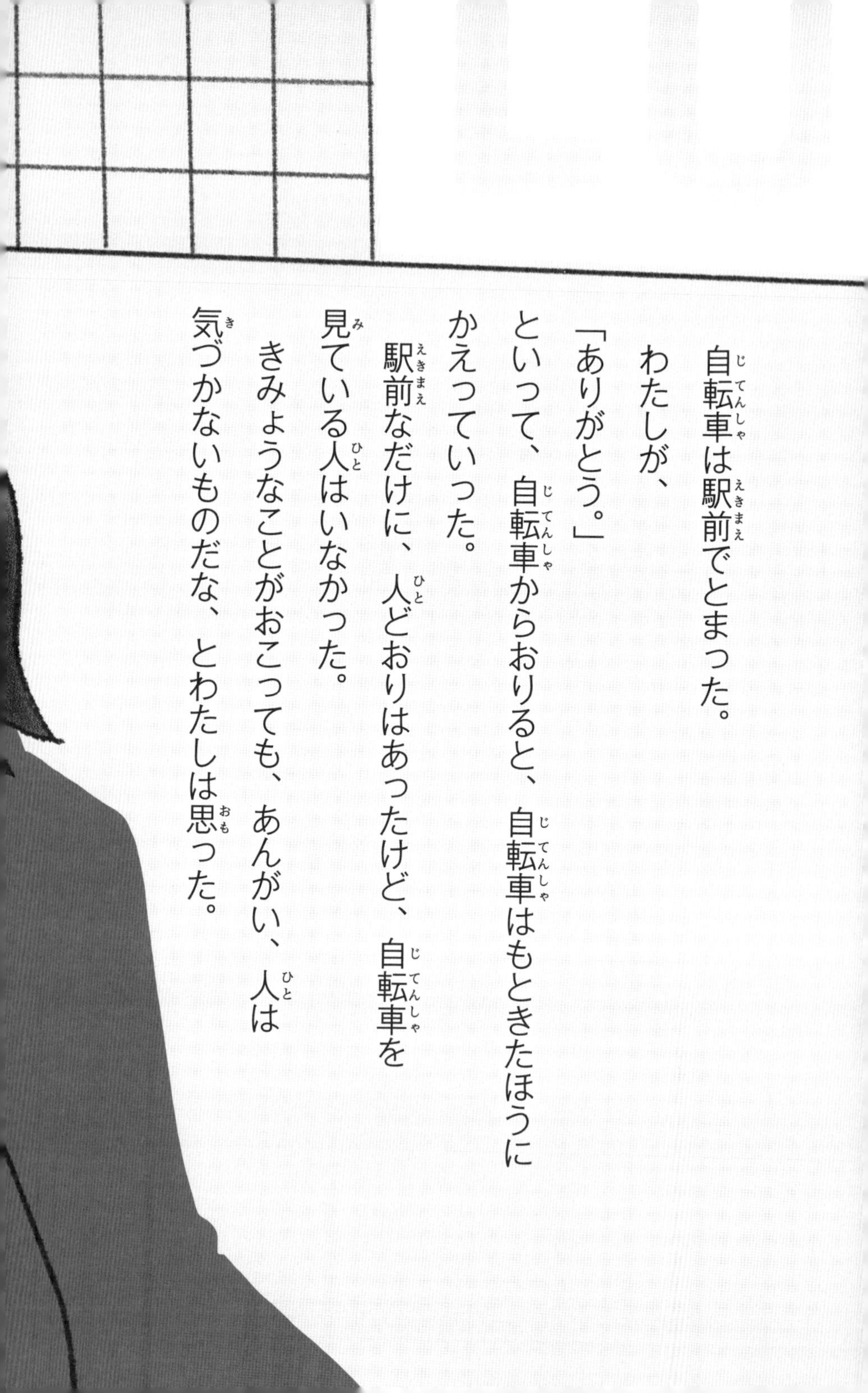

自転車《じてんしゃ》は駅前《えきまえ》でとまった。

わたしが、

「ありがとう。」

といって、自転車《じてんしゃ》からおりると、自転車《じてんしゃ》はもときたほうにかえっていった。

駅前《えきまえ》なだけに、人《ひと》どおりはあったけど、自転車《じてんしゃ》を見《み》ている人《ひと》はいなかった。

きみょうなことがおこっても、あんがい、人《ひと》は気《き》づかないものだな、とわたしは思《おも》った。

JR Line
東大合格
あとをつけるぞ、ナッカ！

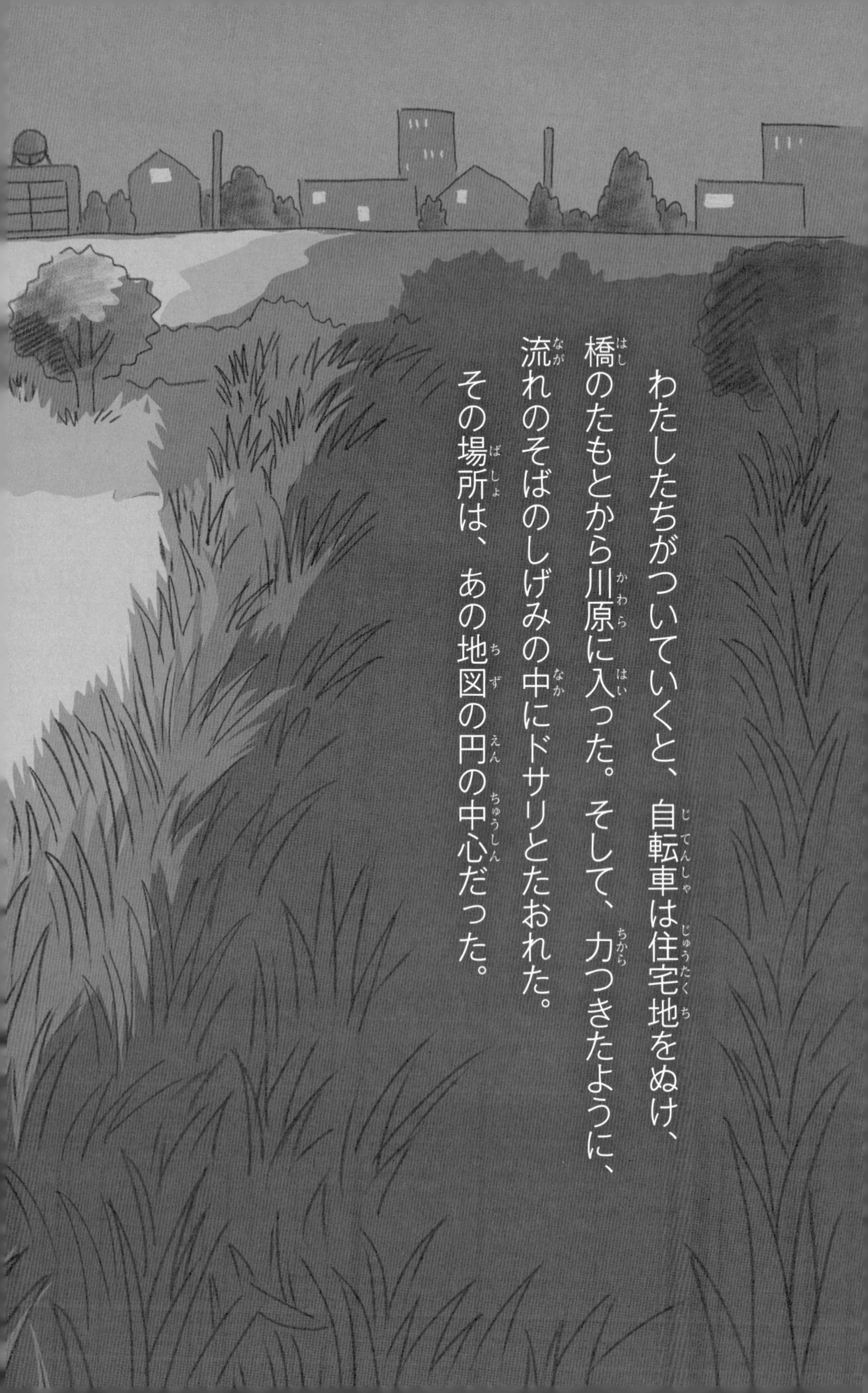

わたしたちがついていくと、自転車《じてんしゃ》は住宅地《じゅうたくち》をぬけ、
橋《はし》のたもとから川原《かわら》に入《はい》った。そして、力《ちから》つきたように、
流《なが》れのそばのしげみの中《なか》にドサリとたおれた。
その場所《ばしょ》は、あの地図《ちず》の円《えん》の中心《ちゅうしん》だった。

GHOST

パパは自転車《じてんしゃ》をおこし、ハンドルをもって、大通《おおどお》りまで押《お》していった。そこで、ママに電話《でんわ》して、場所《ばしょ》をいって、むかえにきてほしいとたのんだ。

ママはドイツ車《しゃ》のセダンと、しごと用《よう》の国産《こくさん》の大型《おおがた》ワゴンを持《も》っている。

「ワゴンでたのむよ。」

パパはそういった。

じつは、ママはパパに未練《みれん》たらたらで、できれば、復縁《ふくえん》したいと思《おも》っているから、ほいほい気分《きぶん》でむかえにきてくれた。

パパは事務所《じむしょ》のマンションでおり、自転車《じてんしゃ》をおろした。

わたしはそのまま、ママといっしょに、うちにかえった。

それで、自転車《じてんしゃ》がどうなったかというと、いまはパパが使《つか》っている。おかげで、ひとりで、かってにどこかへいったりはしない。

こわれているところは、パパが自分《じぶん》でなおしたり、部品《ぶひん》をとりかえたり、タイヤをかえたりして、ピカピカにみがいて、のっている。変速《へんそく》ギアも使《つか》えるようになった。

明《あか》るい月夜《つきよ》にしかでてこなかったのは、ランプがこわれていたからのようで、新《あたら》しいランプをつけたら、夜《よる》でもブンブン走《はし》る。

なにしろ、生《い》きている自転車《じてんしゃ》だから、
走《はし》る気満々《きまんまん》で、電動自転車《でんどうじてんしゃ》どころか、
その気《き》になれば、ゲンチャリより速《はや》い！

今回《こんかい》の事件《じけん》のかぎ

自転車《じてんしゃ》の出現場所《しゅつげんばしょ》を地図《ちず》から
わりだしたこと。かぎは、それにつきる。

今回《こんかい》の事件《じけん》のかいけつ方法《ほうほう》

捨《す》てられた自転車《じてんしゃ》の身《み》になって、自転車《じてんしゃ》に共感《きょうかん》すること。

今回《こんかい》の事件《じけん》の原因《げんいん》

「ものは、作《つく》られてから百年《ひゃくねん》たつと、かってに動《うご》いたり、
口《くち》をきいたりするようになり、これを付喪神《つくもがみ》っていうんだ。
このごろは、スピード時代《じだい》だから、百年《ひゃくねん》たたなくても、付喪神《つくもがみ》に

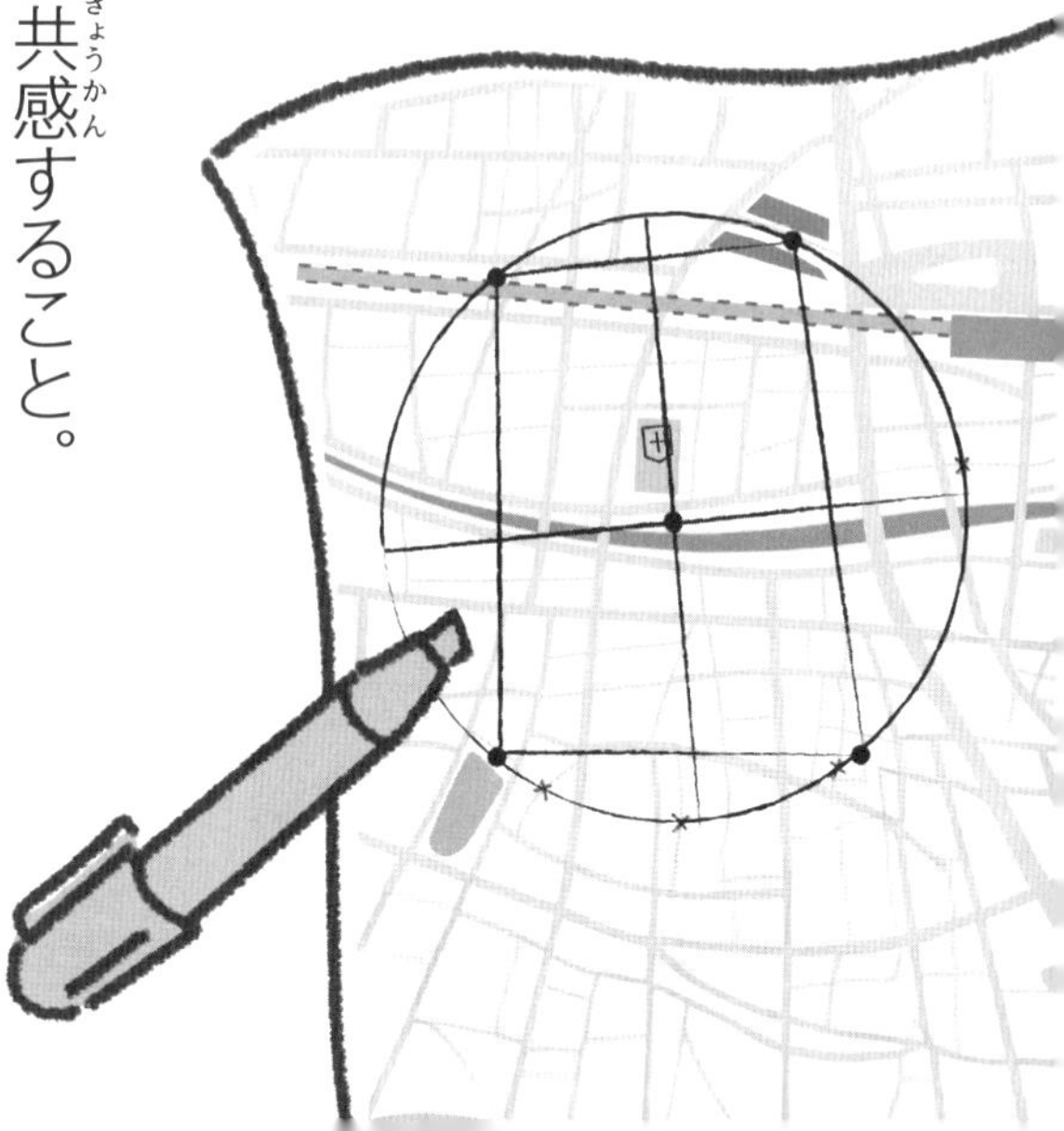

なっちゃうやつもいる。」

とパパはいっている。

あの自転車《じてんしゃ》は付喪神《つくもがみ》になってまもないせいか、まだ口《くち》をきかない。

しゃべれるようになったら、まがったり、とまったりするたびに、

「右《みぎ》にまがります。ご注意《ちゅうい》ください。」

とか、

「停車《ていしゃ》します。しっかりとまるまで、おりないでください。」

とか、いちいちいうのだろうか。

今回《こんかい》の事件《じけん》の反省点《はんせいてん》

夜《よる》、現場《げんば》にいくとき、自転車用《じてんしゃよう》のヘルメットを持《も》っていかなかったこと。自転車《じてんしゃ》にのるときは、ヘルメットをちゃく用《よう》しなければなりません。

今回《こんかい》の事件《じけん》のあとしまつ

登録証《とうろくしょう》もはがれていて、自転車《じてんしゃ》のもとのもちぬしがだれなのか、けっきょくわからなかったこともあり、自転車《じてんしゃ》をせいしきにパパのものにするには、いろいろな手《て》つづきが必要《ひつよう》だった。

そういう手《て》つづきはぜんぶ、市議会議員《しぎかいぎいん》の見永《みなが》さんが手《て》つだってくれた。ついでにいっておくと、あの夜《よる》から二《に》か月《げつ》ご、

見永《みなが》さんから三十万円《さんじゅうまんえん》、銀行《ぎんこう》にふりこまれてきた。

お金《かね》がふりこまれたことを電話《でんわ》で見永《みなが》さんに知《し》らせると、見永《みなが》さんはいった。

「あれは、市《し》の予算《よさん》ではらったのではありませんからね。」

あとでしらべたら、見永《みなが》さんは、選挙《せんきょ》のたびに、得票数《とくひょうすう》トップで当選《とうせん》しているみたい。

ナツカのおばけ帳《ちょう》簿《ぼ》

自転車《じてんしゃ》にのったのはわたしだから、パパとおなじとりぶんにした。
ママはいらないといったけど、パパがどうしてもはらうといって、
お礼《れい》とワゴン車《しゃ》のガソリン代《だい》として、ママに三万円《さんまんえん》はらった。

・前回の残高 ¥25,151,489
・収入 ¥300,000
・支出
パパのとりぶん ¥50,000
ナツカのとりぶん ¥50,000
電車賃とタクシー代 ¥9,800
ママへのお礼とガソリン代 ¥30,000
残高 ¥25,311,689

ナースコールのなぞ

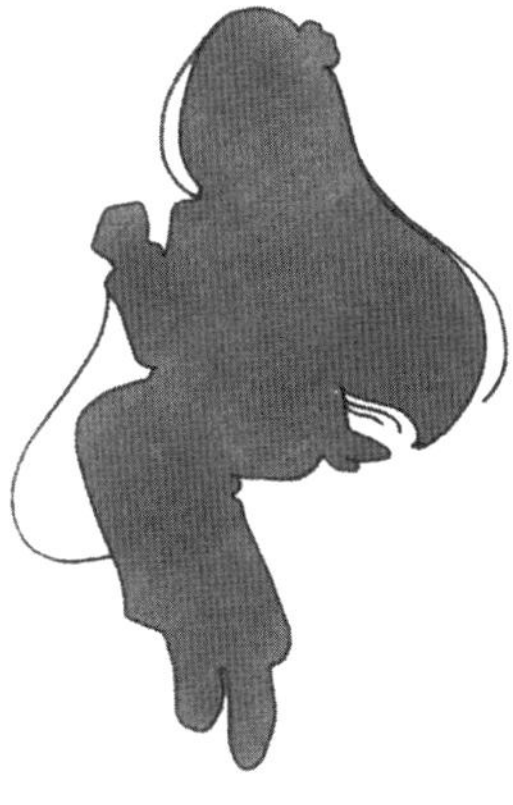

木曜日《もくようび》の夕《ゆう》がた、ママはパーティでかえりがおそくなるといっていたので、学校《がっこう》のかえりに、わたしはパパの事務所《じむしょ》にいった。事務所《じむしょ》のもよりの駅《えき》ちかくに、あたらしくイタリアン・レストランができたので、パパにつれていってもらおうと思《おも》ったのだ。

パパは応接間《おうせつま》のソファーで、あいかわらずぐうたらしていた。

「まったくもう……。」

と、わたしがつぶやいたとき、つくえの上《うえ》の電話《でんわ》が鳴《な》った。

「もしもし。こちら、ゴーストバスター日暮《ひぐれ》事務所《じむしょ》です。」

わたしが受話器《じゅわき》をとって、そういうと……。

もしもし。わたくし、前《まえ》にお世話《せわ》になったオリエント大学付属病院《だいがくふぞくびょういん》の院長秘書《いんちょうひしょ》の岡崎《おかざき》ですが。ごそうだんしたいことがありまして……。

オリエント大学付属病院《だいがくふぞくびょういん》
といえば、前《まえ》にパパとわたしが、
かんごしさんの失踪事件《しっそうじけん》をかいけつ
した病院《びょういん》だ。あのときは、
かいけつ料《りょう》として、百万円《ひゃくまんえん》もらった。
うちに電話《でんわ》してきて、そうだんしたいことが
あるといえば、おばけのことにきまっている。
「これからおむかえにあがってもよろしいでしょうか。
じつはもう、ちかくまで車《くるま》できているのですが……。」

ナツカのおばけ事件簿
真夜中のあわせかがみ
くわしくはこちら！

なにしろ、百万円《ひゃくまんえん》のお客《きゃく》なのだ。こんども百万円《ひゃくまんえん》くれるかどうかわからないけど、へんじはきまっている。

「では、お待《ま》ちしております！」

オリエント大学《だいがく》付属病院《ふぞくびょういん》の岡崎《おかざき》さんが車《くるま》でむかえにくるって。パパ、はやくしたくして！

岡崎《おかざき》さんは、大《おお》きな黒《くろ》い乗用車《じょうようしゃ》を自分《じぶん》で運転《うんてん》してやってきた。

わたしとパパが車《くるま》にのりこむと、岡崎《おかざき》さんは車《くるま》を出発《しゅっぱつ》させて、はなしはじめた。

「現場《げんば》はこれから見《み》ていただきますが、まあ、病院《びょういん》ではよくあるはなしで、日暮先生《ひぐれせんせい》ならかんたんにかいけつしてくださると思《おも》います。入院患者《にゅういんかんじゃ》さんがいない病室《びょうしつ》からナースコールがなって、かんごしがかけつけても、だれもいないっていう、あれです。」

ナースコールというのは、入院患者《にゅういんかんじゃ》さんがかんごしさんをよぶのに使《つか》うもので、スイッチのボタンをおすと、ナースステーションで、ピンポーンとチャイムが鳴《な》るやつだ。

たまにありましたが、
ここのところ、毎晩《まいばん》のように
おこるものですから、
病院《びょういん》として、ほうって
おけなくなりましてね。

オリエント大学《だいがく》付属《ふぞく》病院《びょういん》の病室《びょうしつ》には、六人用《ろくにんよう》のへやと個室《こしつ》、それから特別室《とくべつしつ》がある。特別室《とくべつしつ》というのは、かんたんにいうと、広《ひろ》い個室《こしつ》だ。

六人《ろくにん》べやは、内科《ないか》とか外科《げか》とかの科《か》ごとに、階《かい》にわかれているが、個室《こしつ》と特別室《とくべつしつ》は、科《か》にわかれておらず、まとめて最上階《さいじょうかい》にある。

岡崎《おかざき》さんのはなしによると、ナースコールが鳴《な》るのは、きまった病室《びょうしつ》からではなく、いろいろな病室《びょうしつ》からだ。もちろん、その夜《よる》は、だれも入院《にゅういん》していないへやからだが。

病院《びょういん》につくと、正面《しょうめん》げんかんでかんごしの大月《おおつき》けい子《こ》さんがでむかえてくれた。

大月《おおつき》けい子《こ》さんは、前《まえ》の事件《じけん》で、わたしたちがたすけた人《ひと》だ。

このあいだは、どうもありがとうございました。わたし、霊感《れいかん》が強《つよ》いっていうことで、おふたりをお手《て》つだいするようにと、おおせつかったんです。
現場《げんば》は大月《おおつき》がごあんないします。ひととおり、ごらんいただいたら、院長室《いんちょうしつ》においでください。そこでお待《ま》ちしております。

　わたしとパパは、大月《おおつき》さんのあんないで、病室《びょうしつ》をいくつも見《み》てまわった。どのへやも、だれも入院患者《にゅういんかんじゃ》さんがいないときに、ナースコールがあったへやだが、そのときは患者《かんじゃ》さんが入院《にゅういん》していた。入院患者《にゅういんかんじゃ》さんがいないのは、個室《こしつ》がひとつだけだった。

　さいごにいったその個室《こしつ》で、大月《おおつき》さんはいった。

「わたしはいま、外科《げか》にいるんですが、どういうわけか、わたしが夜勤《やきん》に入《はい》っているときは、外科《げか》の病室《びょうしつ》には、そういうナースコールはこないんです。」

「大月《おおつき》さんが夜勤《やきん》のときは、外科《げか》ではおこらない？　なるほど、ということは……。」

パパはうでをくんで考《かんが》えこんだ。

おばけの正体《しょうたい》は、まだわかりませんが、おばけには、霊感《れいかん》の強《つよ》い人間《にんげん》のことがわかるやつがいますからね。きっと、そいつは、大月《おおつき》さんをさけているんでしょう。
そうでしょうか。もしそうなら、わたしがお手《て》つだいしたら、かえってじゃまということになりませんか。

じゃまということはありませんが、きょうあいている病室《びょうしつ》がここだけなら、今夜《こんや》ナースコールがかかってくるとしたら、ここからでしょう。大月《おおつき》さんは、この階《かい》にはいらっしゃらないほうがいいかもしれませんね。この階《かい》のナースステーションにおられると、ここからナースコールがこないかもしれません。

そうですね。そうそう、そういうナースコールがないということでしたら、小児科《しょうにか》の病室《びょうしつ》からは、いちどもないんです。

それから、大月《おおつき》さんはパパとわたしを院長室《いんちょうしつ》にあんないし、

「ここでしつれいします。外科《げか》のナースステーションにおりますから、いつでもおよびください。」

といって、院長室《いんちょうしつ》からでていった。

院長室《いんちょうしつ》では、院長先生《いんちょうせんせい》と岡崎《おかざき》さんと、それから、おすしとお茶《ちゃ》が待《ま》っていた。

「先月《せんげつ》、院長《いんちょう》になったばかりの伊賀久人道《いがくひとみち》です。」

院長先生《いんちょうせんせい》はそう自己紹介《じこしょうかい》すると、わたしたちといっしょにおすしを食《た》べ、じょうだんとしか思《おも》えないようなはなしをして、あとはよろしくと、
院長室《いんちょうしつ》をでていった。

このごろでは、だれもいない病室《びょうしつ》からのナースコールくらいでさわぎになりますが、わたしがわかいころは、そんなのはあたりまえのことで、古《ふる》い病院《びょういん》になると、入院患者《にゅういんかんじゃ》さんより、ゆうれいのほうが多《おお》いくらいでしてね。夜《よる》の警備《けいび》なんかは、ゆうれいにまかせて、やってもらったりしていましたよ。ゆうれいだと、きゅうりょうもただですしね。
がはははは！

いまあいている個室《こしつ》も、あしたには入院患者《にゅういんかんじゃ》さんが新《あたら》しく入《はい》ってしまうということで、調査《ちょうさ》をするなら、その夜《よる》しかない。

おすしを食《た》べおわると、わたしはママに電話《でんわ》し、

「今夜《こんや》はうちにかえらないよ。パパといっしょだから、心配《しんぱい》しないでね。」

といった。

ママはいそがしそうで、くわしいことはきいてこなかった。

それから、わたしとパパは、個室《こしつ》ばかりある病院《びょういん》の最上階《さいじょうかい》のナースセンターにあんないされ、そのあと、ナースステーションのとなりの面談室《めんだんしつ》というへやにうつって、個室《こしつ》からのナースコールを待《ま》った。

そういえば、大月《おおつき》さんが、小児科《しょうにか》ではおこらないっていってたけど、なんでかな……？

いつのまにか、わたしはねむってしまい、
「患者《かんじゃ》さんがいない病室《びょうしつ》からナースコールがきました！」
という声《こえ》で目《め》をさましました。
かんごしさんがわたしたちをおこしにきたのだ。
パパが面談室《めんだんしつ》をとびだしていく。
わたしもあとにつづいた。

わたしたちを
おこしにきたかんごしさん
もついてくる。

ナースコールのあった
病室《びょうしつ》まで走《はし》っていくと、パパは
ドアのとってに手《て》をかけた。

パパがドアをあける！

暗《くら》い病室《びょうしつ》に、パパがふみこむ。

わたしがそれにつづく。

病室《びょうしつ》は、ろうかからの明《あか》りが入《はい》るだけで、うす暗《ぐら》い。

「やっぱり、だれもいないか。」

というパパの声《こえ》と、

「ナースコールをしたのは、あなた？」

といったわたしの声《こえ》がかさなった。

ベッドに、パジャマすがたのわかい女《おんな》の人《ひと》がすわっている。

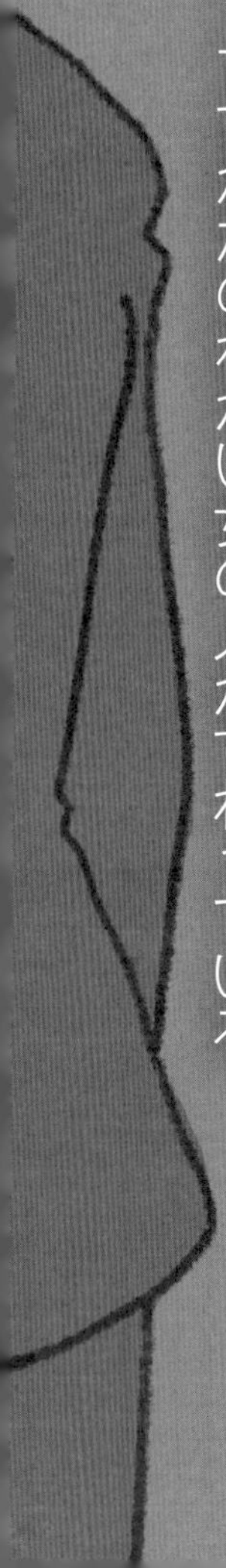

となりで、パパがいった。

「ナツカ。おまえ、なにいってるんだ。」

わたしはパパの顔《かお》を見《み》た。

パパはふしぎそうな顔《かお》をしている。

わたしはもういちど、ベッドにすわっている女《おんな》の人《ひと》に目《め》をやってから、またパパ見《み》た。

そうか、パパには、女《おんな》の人《ひと》が見《み》えないのか……。

わたしがそう気《き》づいたとき、女《おんな》の人《ひと》がいった。

「あなたはだれ？　わたしのことが見《み》えるのね。」

「はっきり見《み》えるよ。パジャマをきてるのも、髪《かみ》が長《なが》いのもわかる。」

ナツカ。おまえ、だれとしゃべっているんだ？

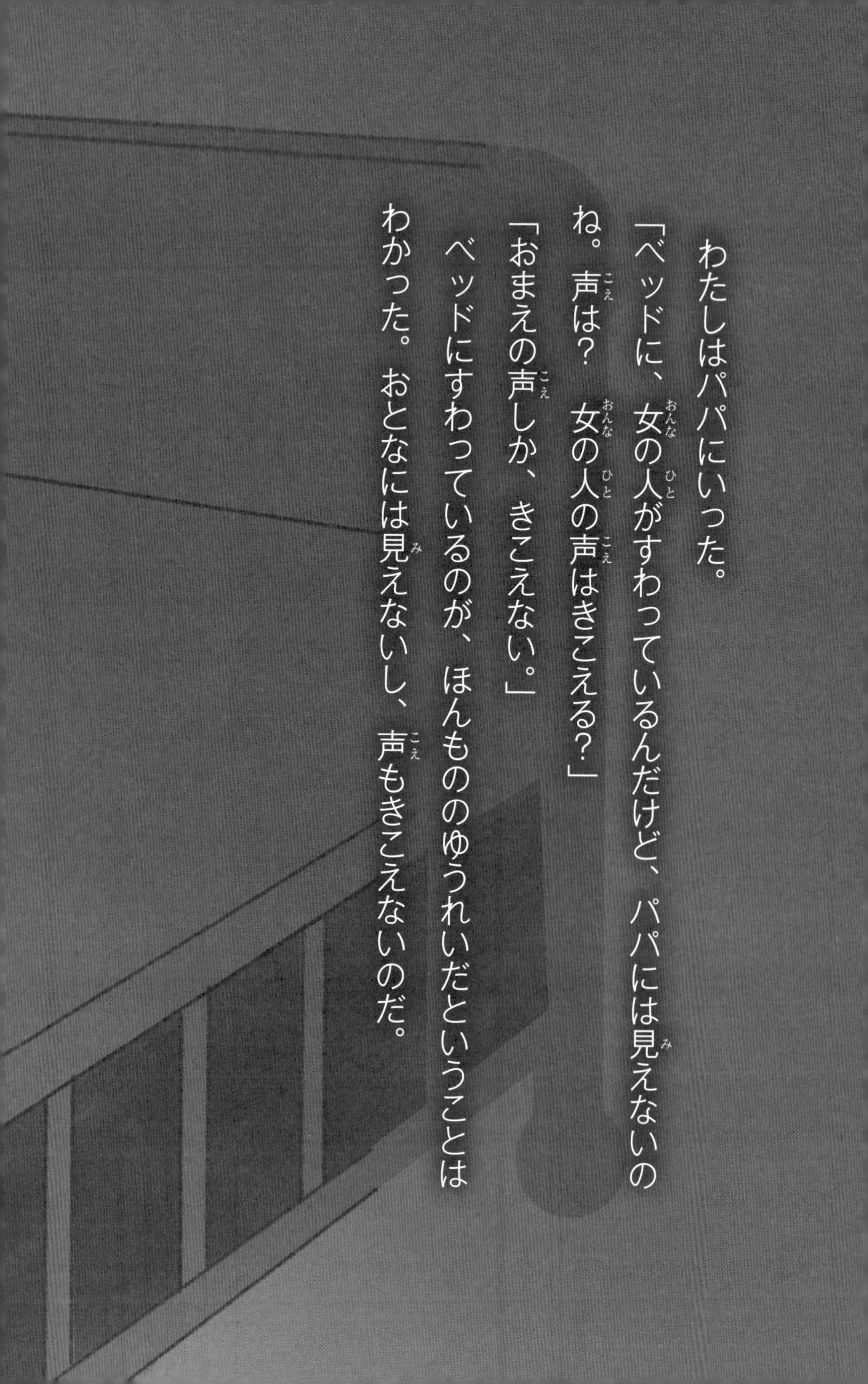

わたしはパパにいった。

「ベッドに、女《おんな》の人《ひと》がすわっているんだけど、パパには見《み》えないのね。声《こえ》は？　女《おんな》の人《ひと》の声《こえ》はきこえる？」

「おまえの声《こえ》しか、きこえない。」

ベッドにすわっているのが、ほんもののゆうれいだということはわかった。おとなには見《み》えないし、声《こえ》もきこえないのだ。

スイッチがういている……。

ベッドにすわっている女《おんな》の人《ひと》のゆうれいは、やさしそうで、たちが悪《わる》そうではない。

はなしあいはできそうだ。

「わたしは日暮《ひぐれ》ナツカっていう小学生《しょうがくせい》なんだけど、この病院《びょういん》にたのまれて、うしろにいるパパといっしょに、ここにきてるんだ。病院《びょういん》はあなたに、ナースコールで、かんごしさんをよぶのをやめてほしいのよ。あなたはどうして、そんなことをするの？いたずら？」

わたしがそういうと、女《おんな》の人《ひと》のゆうれいはうなずいた。

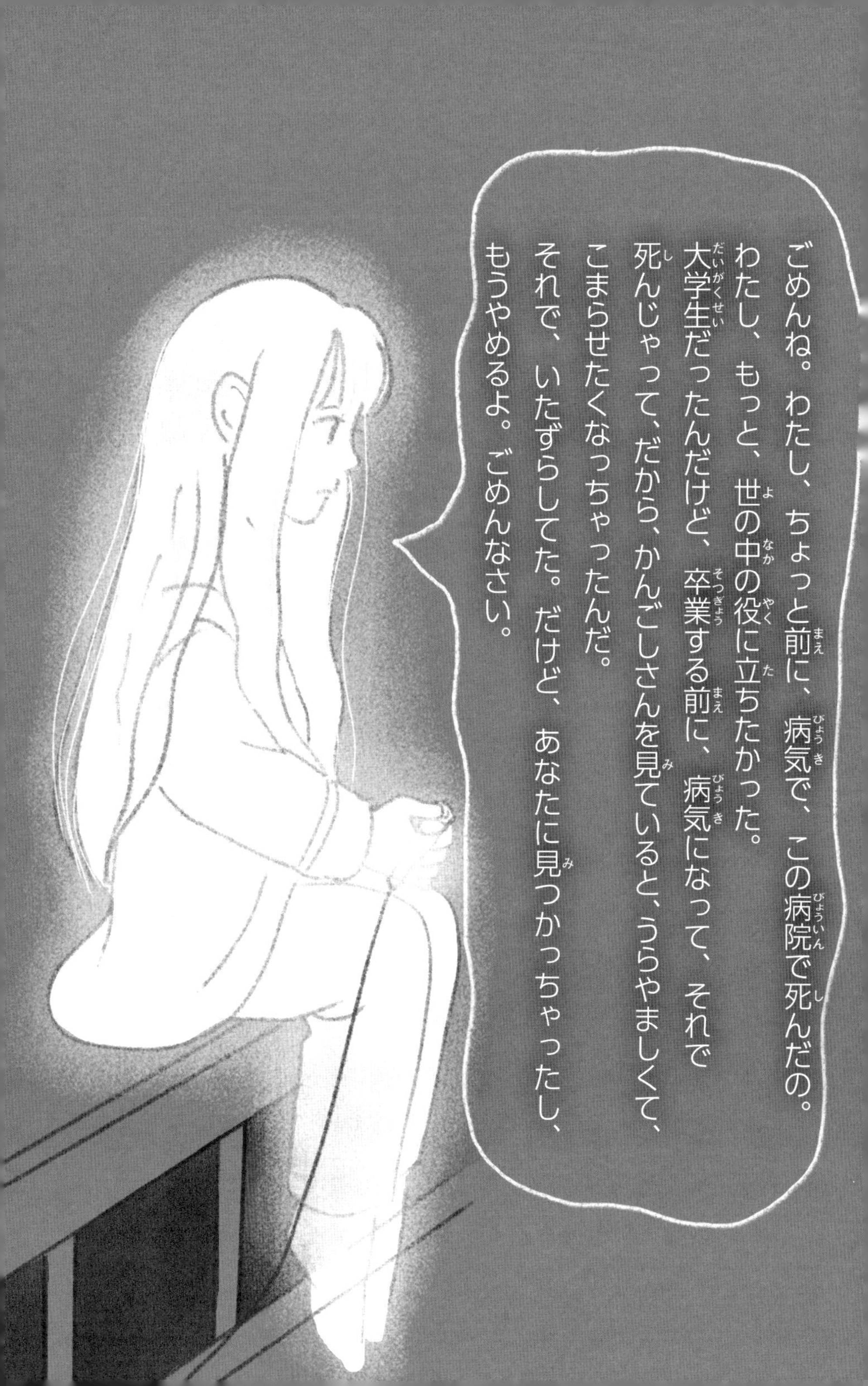
ごめんね。わたし、ちょっと前《まえ》に、病気《びょうき》で、この病院《びょういん》で死《し》んだの。
わたし、もっと、世《よ》の中《なか》の役《やく》に立《た》ちたかった。
大学生《だいがくせい》だったんだけど、卒業《そつぎょう》する前《まえ》に、病気《びょうき》になって、それで
死《し》んじゃって、だから、かんごしさんを見《み》ていると、うらやましくて、
こまらせたくなっちゃったんだ。
それで、いたずらしてた。だけど、あなたに見《み》つかっちゃったし、
もうやめるよ。ごめんなさい。

わたしは、そのゆうれいがかわいそうになってしまった。役《やく》に立《た》ちたかったっていう気《き》もちがあって、それで、かんごしさんたちのことがうらやましくて、成仏《じょうぶつ》できないっていうか、すんなりあの世《よ》にいけないのだ。

わたしは、きいてみた。

「あなたは、小児科《しょうにか》の病室《びょうしつ》じゃあ、いたずらしないみたいだけど、それはなぜなの？」

「とくに霊感《れいかん》の強《つよ》いおとなとか、小学生《しょうがくせい》とか、それより小《ちい》さい子《こ》だと、わたしのことが見《み》えちゃうみたいなの。あなただって、わたしが見《み》えるし、声《こえ》がきこえるでしょ。わたし、子《こ》どもをおどかしたりしたくないのよ。だから、小児科《しょうにか》にはいかないんだ。」

ゆうれいがそういって、悲《かな》しそうにほほえんだとき、
わたしは院長先生《いんちょうせんせい》がいっていたことを思《おも》いだし、名案《めいあん》を考《かんが》えついた。

夜《よる》の警備《けいび》なんかは、
ゆうれいにまかせて、
やってもらったり
していましたよ。

わたしはまず、パパとかんごしさんに、病室《びょうしつ》からでていって
もらって病室《びょうしつ》のドアをしめた。外《そと》からの光《ひかり》が入《はい》らなくなり、
病室《びょうしつ》はもっと暗《くら》くなった。外《そと》にきこえないように
小《ちい》さな声《こえ》で、ゆうれいにていあんした。

おうちの人《ひと》とはなれて、病気《びょうき》で
入院《にゅういん》している子《こ》どもたちの中《なか》には、
夜《よる》、さびしくて、ねむれなかったり
する子《こ》がいると思《おも》うの。
あなた、ナースコールのスイッチを
もてるっていうことは、絵本《えほん》とか
だって、手《て》にもてるでしょ。
入院《にゅういん》していて、ねむれない子《こ》に、
本《ほん》をよんであげるボランティア
なんかどう？
あなたはおとなには見《み》えないし、
声《こえ》もきこえないから、
よみきかせしても、
かんごしさんには、ばれないよ。

わたしがそういうと、ゆうれいはだまってうつむき、しばらく考《かんが》えているみたいだったけれど、やがて、顔《かお》をあげて、いった。

「それ、やらせてもらおうかな。」

「よかった。これで、きまり！　ボランティアにあきちゃったら、いつでもあの世《よ》にいってていいからね。」

わたしはそういうと、病室《びょうしつ》をでて、かんごしさんにいった。

「問題《もんだい》はかいけつしました。もう、だいじょうぶ！」

おばあさんは、まっ赤《か》な
リンゴを白雪姫《しらゆきひめ》に
さしだして、
『リンゴはいかがぁ。』
といいました。
しらゆきひめ

今回《こんかい》の事件《じけん》のかぎ

おばけやゆうれいがでても、ビビったりしないで、はなしあいのしせいをもつこと。

今回《こんかい》の事件《じけん》のかいけつ方法《ほうほう》

おかしなことをおばけやゆうれいがしているなら、なぜ、そんなことをしているのか、それを知《し》ること。原因《げんいん》がわかれば、かいけつ方法《ほうほう》がわかる……こともある！

夜中《よなか》になると、のどがかわいちゃって、冷蔵庫《れいぞうこ》まで、首《くび》がのびちゃうんです。
ねる前《まえ》に、まくらもとに、ペットボトル入《い》りの飲《の》み物《もの》をおいておけばいいのでは？
だけど、コーヒーはだめよ。ねむれなくなっちゃうかもだから。

今回《こんかい》の事件《じけん》の教訓《きょうくん》

おばけやゆうれいがでたからって、
だれかれかまわず、追《お》いはらえばいいってもんじゃない。
このごろ、あちこちで人手《ひとで》がたりないっていう話《はなし》をきく。
てつだってもらえるなら、あいてがおばけやゆうれいでも、
いろいろなことをやってもらえばいいのでは?
これからは、おばけやゆうれいと、
生《い》きている人間《にんげん》のきょうぞんの道《みち》を
さぐらないといけないと思《おも》う。

オフィス O.B.K
PIZZA
スッピン化《け》粧《しょう》品《ひん》
スッピン

院長《いんちょう》秘書《ひしょ》の岡崎《おかざき》さんが事務所《じむしょ》に
百万円《ひゃくまんえん》もってきたけど、パパとそうだんして、
かんたんにかいけつできたからということで、
そのお金《かね》はそっくりかえした。ゆうれいに
ボランティアをすすめておいて、こっちが
お金《かね》をもらっちゃうのはどうかと思《おも》うしね。
そのかわり、小児科《しょうにか》の病室《びょうしつ》のある階《かい》に、
子《こ》ども用《よう》の本《ほん》をたくさんおいて
もらうことにした。

それから、おんなの人《ひと》のゆうれいの名前《なまえ》をききわすれちゃった。岡崎《おかざき》さんに、おばけの正体《しょうたい》はわからなかったけれど、わたしがおはらいをして、もうでないっていっちゃったから、いまさら、最近《さいきん》なくなった女子大学生《じょしだいがくせい》の名前《なまえ》をしらべてくださいなんて、きけないよ。大月《おおつき》さんにはほんとうのことをいって、ないしょにしてくれるようにたのんだ。

著者　斉藤 洋（さいとう　ひろし）
1952 年、東京に生まれる。『ルドルフとイッパイアッテナ』で第 27 回講談社児童文学新人賞受賞。『ルドルフともだちひとりだち』で第 26 回野間児童文芸新人賞受賞。路傍の石幼少年文学賞受賞。『ベンガル虎の少年は……』、「なん者・にん者・ぬん者」シリーズ、「妖怪ハンター・ヒカル」シリーズ（以上あかね書房）など、数多くの作品がある。

画家　かたおかまなみ
静岡県に生まれる。挿絵の作品として『スーパーでおかいもの きょうの ごはん なぁに』『わくわく　すいぞくかん　この　おさかなは　どこかな？』『うきうき どうぶつえん　どうぶつの あかちゃん　かわいいな』(チャイルド本社)『ゆうれいだしたら３億円』(国土社)などがある。日本児童出版美術家連盟会員。

装丁……VOLARE inc.

ナツカのおばけ事件簿・19

月夜のおばけ自転車

発行　2025 年 1 月 25 日　初版発行

著者　斉藤　洋
画家　かたおかまなみ
発行者　岡本光晴
発行所　株式会社あかね書房
東京都千代田区西神田 3-2-1 〒101-0065
電話　03-3263-0641(営業)
03-3263-0644(編集)
印刷所　錦明印刷株式会社
製本所　株式会社難波製本

ISBN 978-4-251-03859-3　NDC 913　113p　22cm

https://www.akaneshobo.co.jp

タモーター・サイクル
がなくても
すむが、
タモタノロノロ
すぎる。
スタート
O・B・K
ジテン車《しゃ》
地球《ちきゅう》の自転《じてん》のように、一日一回《いちにちいっかい》しかタイヤが回《まわ》らない。レースにはむいてないようだ。
ボヨヨン・サイクル
タイヤがゼリーのようにボヨヨンとしているので、とても走《はし》りにくい。
ろをかける
老婆《ろうば》
もと砂《すな》かけばばあ。
さいきん、砂《すな》より
ろをかけるほうが
しいと気《き》がついた。
泥
魔馬《まま》チャリ
ダービー馬《ば》のゆうれい。
とても速《はや》く走《はし》れる。
カゴつきで買《か》い物《もの》もとくい。